POINTS POÉSIE

UNE COLLECTION DIRIGÉE PAR ALAIN MABANCKOU

"Points Poésie" est le lieu de convergence des voix venues des quatre coins du monde, débutantes, majeures ou classiques, toutes alimentées par l'audace de réinventer par la puissance de la poésie sous toutes ses formes ce que nous avons perdu de plus précieux : le Rêve et le pouvoir de l'imaginaire.

A. Mabanckou

La tradition de l'oralité coule dans les veines du poète Souleymane Diamanka. Bordelais d'origine peule, il joue avec les mots et jongle entre les langues. Ses textes poétiques et métaphoriques ont fait l'objet d'un premier album, intitulé *L'Hiver peul* (2007). Après *J'écris en français dans une langue étrangère* et *Écrire à voix haute* en co-écriture, *Habitant de nulle part, originaire de partout* est son troisième ouvrage.

Souleymane Diamanka

HABITANT DE NULLE PART, ORIGINAIRE DE PARTOUT

POÉSIE

INÉDIT

Préface de Oxmo Puccino

Éditions Points

Les textes constituant L'Hiver peul
sont tirés de l'album musical éponyme de Souleymane Diamanka,
paru chez Universal Music Division Maison Barclay en 2007.

ISBN 978-2-7578-8747-9

Je dédie ce recueil à mon père,
ma plus grande inspiration.
À Boubacar Diamanka, dit Kanta Lombi

AVANT-DIRE

Un recueil très important

Je me rappelle notre discussion avec Souleymane, il y a une dizaine d'années, sur les bords du fleuve Niger. Nous parlions d'écriture. Plus précisément d'écrits. Il est issu d'une tradition orale au moins millénaire, et une partie de son travail est basée sur les souvenirs de cet héritage... Je le comprenais mais n'avais pu m'empêcher alors de lui évoquer le nombre de pages d'idées qu'il avait certainement laissé passer ! Ce côté éphémère des fulgurances rares et fugaces qui m'oblige à tout noter de manière frénétique est dû au plaisir sans exception des retrouvailles avec mes idées. C'est une satisfaction que je lui ai longtemps souhaitée. J'éprouve de la reconnaissance envers Souleymane d'avoir ainsi retranscrit son oralité.

Ce recueil est très important. Au-delà de sa profondeur et de sa beauté, les secrets qu'il délivre ont survécu au désert, vaincu la mer et passé les siècles. Ces formulations magiques, notre poète les traduit à l'heure de notre époque afin que nous les transmettions à notre tour.

Un morceau de bois mort sculpté attire plus l'attention qu'un arbre vivant. Une toile blanche touchée par un Maître devient inestimable. Ce qui a été travaillé par les mains de quelqu'un finit par dévoiler une âme, passant de l'objet inanimé au chef-d'œuvre... J'aime la musique de la mine guidée par la main sur une feuille de papier, l'encre qu'elle a laissée est un gage d'éternité car si un poème peut prendre de l'âge, son texte ne vieillira jamais.

Clamer un texte, c'est lui donner vie. C'est aussi proposer une interprétation qui va sceller le propos et, surtout, ne pas plaire à tout le monde. Un même texte résonnera différemment selon qu'il sera lu, entendu ou dit. Si vous trouvez les clefs que vous demandent ici certains passages, la découverte du « Diamant K » ne pourra que vous émouvoir…

Oxmo Puccino
Auteur, interprète,
compositeur et rappeur

L'HIVER PEUL

L'Hiver peul

Je suis Souleymane Diamanka dit Duajaabi Jeneba
Fils de Boubacar Diamanka dit Kanta Lombi
Petit-fils de Maakaly Diamanka dit Mamadou Teneŋ
Arrière-petit-fils de Demba Diamanka dit Leŋgel Ñaama
Etc., etc.

J'ai été bercé par les vocalises silencieuses de mes ancêtres
Et je sais que cette voix jamais elle ne se taira
Elle me souhaitera d'être un digne héritier de ce peuple
nomade
D'être Duajaabi Jeneba l'enfant peul
Descendant de Bilaali Saɗi Hole le bien nommé
Haal pulaar[1]

Peuple d'amour dont le pays est un poème
Et le drapeau une mosaïque de milliers de proverbes
Le peuple peul et ses dictons c'est comme la savane
et ses hautes herbes
Comme l'océan glacé et ses gouttes d'eau
Comme le Sahara brûlant et ses grains de sable
Haal pulaar

Peuple migrateur d'orateurs
Dont Amadou Hampaté Bâ a été l'ambassadeur

On passe à l'heure de l'oralité manuscrite
Qui comme une perle de lune perce la brume
Le jour où il écrit de sa plus belle plume
« *En Afrique un vieillard qui meurt c'est une bibliothèque qui brûle* »
Peuple berger qui a fait de la parole un art
Et qui a moins peur de la mort que de perdre l'honneur
Mon baobab généalogique a ses racines en Afrique
Et sa cime en Europe
Le tronc de ses traditions a ses faiblesses et ses forces
Mais les orages identitaires abîment son écorce
Haal pulaar

Peuple gitan du Sahel
Venu s'abreuver par la force des choses au lac des sédentaires
Quelques siècles avant de partir pour un terrain occidental accidenté
De la saison de la misère les prisonniers se libèrent seuls
J'ignore le secret des titres à succès que les libraires veulent
Mais ce chapitre de leur Histoire aurait pu s'appeler *l'hiver peul*

Des piétons d'une ancestrale Afrique de l'Ouest
Affrontent la souffrance la soif et le froid jusqu'à la France
Pour mettre leur famille à l'abri de la famine
Pendant leurs nuits d'insomnies
Ils se demandent
Où sommes-nous ?
Et du fond des âges les esprits répondent à l'unisson
Nous sommes loin de là où nous sommes nés
Dans une brousse urbaine et hostile

Capable de dresser la barrière de la langue
Au sein d'un foyer comme un désaccord au cœur
d'une ligue

Alors que les mots sont presque le seul héritage
que les parents lèguent
Les voyageurs ne savent plus où ils vont
Et la route risque d'être longue
Leur sagesse reste muette
Ils observent les gens qui s'agitent
Et ils comprennent dans les miroirs que les gens
dressent sur leur passage
Que c'est du visage de l'étranger qu'il s'agit
Ils regardent cette terre inconnue les nuits de nostalgie
Comme on regarde l'océan à bord d'un radeau
À la dérive quelque part entre le port de Dakar
et le port de Bordeaux
Les paupières closes et les joues creuses ils se
souviennent
Ils se souviennent du village des fruits des odeurs
et de tous les détails
Des marches vers l'horizon
Des rizières dérisoires et des têtes de bétail
Ils gardent dans leur cœur les adages venus du fin fond
du Fouladou
Depuis qu'ils ont dit *Ladde ŋaaɓo*[2] leur vie n'a plus tout
à fait le même goût

Mais ils sourient quand même sur leur sort
Ils remontent leurs manches

Et ils soufflent sur leurs doigts pour en réchauffer
    les bouts
Ils apprennent à leurs enfants qu'ils sont des princes
Qu'ils viennent d'un royaume de sagesse humble
Un peuple de rois qui travaille la terre dans la peau
    de gens simples
Là où la nature se sent insultée quand on la traite
    de jungle
Même si c'est le soleil qui la sèche et la pluie qui la rince
Ils aiment à dire que la noblesse de l'âme panse
    nos blessures
Et qu'elle n'appartient ni aux riches ni aux pauvres
Chacun sait ce qui l'y oblige ou l'y oppose
Leur ambition est humaine ils ont réussi le plus dur
Voir leurs enfants grandir en France et devenir
    des sculptures
D'adultes debout en équilibre sur deux cultures
Si seulement je pouvais vous traduire
Ce que mon père est en train de dire

Les phrases qu'il prononce n'auront jamais connu l'encre
Mais quand il ferme les yeux
C'est dans la mémoire d'un peuple tout entier qu'il entre
Il récite l'encyclopédie humaine d'une dynastie
    que son âme connaît par cœur
Alors qu'elle n'a pas encore été écrite
Et il parle à la terre
Car elle seule sait garder les secrets
Haal pulaar

Ses métaphores sont précieuses car elles sont précises
À la fois proches et lointaines
Comme le reflet d'une étoile dans un étang
Le paysan n'a pas toujours les mains propres
Mais les racines de son verbe baignent dans la poésie
J'ai bu ses paroles jusque dans son cœur
Et croyez-moi une immense source y est
Mon père était berger avant d'être ouvrier
Il était prince avant d'être pauvre
Avant ce bâtiment quelconque dans la clairière
    des oubliés
Il habitait dans une case immense à Same Kanta
    en Casamance
Et il a quasiment bravé la mort en dansant autour du feu
Comme la fumée d'un bâton d'encens
Pour entrevoir un avenir meilleur pour sa femme
    et ses enfants
De la saison de la misère les prisonniers se libèrent seuls
Ce chapitre de mon histoire aurait pu s'appeler
    l'hiver peul

Les poètes se cachent pour écrire

Les mots sont les vêtements de l'émotion
Et même si nos stylos habillent bien nos phrases
Peuvent-ils vraiment sauver nos frères du naufrage

Les poètes se cachent pour écrire
Ce n'est pas une légende mon ami regarde-nous
On a traversé des rivières de boue à la nage
On a dormi à jeun dans la neige et on est encore debout

Les poètes se cachent pour écrire
Chacun purge sa pénombre
Dans une solitude silencieuse que certains pourraient
craindre
On somme les mots de s'additionner comme des nombres
La poésie opère comme une lumière mangeuse d'ombre
J'aime cet état mais le temps qu'on passe à l'attendre
n'est pas si tendre
Parfois il faut presque s'éteindre pour l'atteindre
Versificateur notoire chaque rime est une cascade
Dans les lieux oratoires l'auditoire n'aime pas
les phrases fades

Dans ma vie j'ai écrit plus de textes
Que ne reflète d'étoiles le grand lac Tchad

J'ai cherché la vérité dans les lignes de chaque énigme
De chaque conte et de chaque charade
J'ai interrogé les bons médiums pour chasser
les mauvais djinns
Et j'ai répondu *Amiini*[3] quand ma mère m'a dit *Mbaalen he jam*[4]
J'ai couru après les horizons sur chaque page
Avec l'énergie des anciens possédés par le jazz
Pour ne pas avoir à jouer à cache-cache avec le Diable
Les poètes se cachent pour écrire
Ce n'est pas une légende mon ami regarde-nous
Toi et moi c'est l'écriture qui nous lie
C'est dans la solitude qu'on apprend la convivialité
Et tant pis pour celui qui le nie
Le feu passe au vers et l'oralité passe par nous
Le verbe est une clé indispensable
Dehors on nous demande des mots de passe partout
Les poètes se cachent pour écrire
Ce n'est pas une légende mon frère regarde-nous
On a traversé des rivières de boue à la nage
On a dormi à jeun dans la neige
Et on est encore debout

L'art ignare

C'est de l'art ignare et Dieu sait si c'est laid
Mais les anciens ont-ils appris le solfège pour chanter
la soul
C'est moi le mauvais musicien de sous-sol dans ton salon
Avec ma sale voix et mon sale son
Les gens dans la salle savent
J'ai trempé ma plume dans de la sale sève
Pour écrire les poèmes d'un mauvais élève
En espérant que le vent se lève
J'ai toujours fait ce rêve et je remercie la rue
Tout ce que j'ai pu écrire c'est sur ses lèvres que je l'ai lu
Celui qui va mourir vous salue
C'est moi le mauvais chanteur avec mes cordes vocales
en alu
Et mes paroles qui ont le palu
J'ai des plaies plein le palais quand je te lis mes ratures
Dis-leur que c'est tout sauf de la littérature
Je n'ai pas beaucoup fait l'école
Mes profs m'appelaient espèce d'idiot
Si tu les croises dis-leur que je gagne ma vie à la sueur
de mon stylo

Ici la rue à vous les studios
C'est de l'art ignare et Dieu sait si c'est beau

C'est de l'art ignare a dit le gosse peul
Mais les anciens ont-ils appris le solfège pour faire
du gospel
Enfant du soleil et de la soul approche et rince-toi
l'oreille
C'est le petit-fils de Maakaly Maoɗo si tu n'as pas sommeil
C'est de l'art ignare et Dieu sait si c'est laid
Des fois tu tombes sur des trucs tu te demandes
mais qu'est-ce que c'est ?
Je me souviens d'un concert au début je croyais
que c'était un sketch
Sur scène deux chevelus chétifs tout de stretch vêtus
Tapaient sur leurs guitares comme si elles leur devaient
de l'argent
Après ça dis-moi comment donner une définition
de l'art aux gens
C'est comme ce détenu qui peint un tableau pour sa mère
Elle pleure et elle sourit ça nourrit son amour
d'un délice amer
C'est de l'art ignare pourtant et Dieu sait
si c'était important pour elle
Je te pardonne si tu n'aimes pas mais laisse la porte
ouverte en partant
C'est de l'art ignare et c'est embêtant
Je ne suis qu'un pauvre griot assis au pied d'un baobab
en béton
Je rêve de l'Afrique comme l'enfant adoptif rêve
de ses vrais parents
J'ai grandi ici et ce n'est pas marrant tous les jours
Quand tu réponds au signalement on ne te croit pas
même si tu le jures

Sur ce que tu as de plus cher ma sœur
C'est de l'art né dans un local qui sentait bon la sueur
Oui c'est moi le cancre les feuilles cornées et pleines
de taches d'encre
Mais il est tard ma sœur il faut que je rentre

Écrire une chanson de paix pour ne plus qu'on se plante
Pour des histoires de papiers de banque
Qu'ensemble on remonte la pente
Qu'on ne puisse plus dire que les soirées hip-hop
sont des soirées violentes
C'est signé Jaamaŋka Pullo Fuladu
Habitant de nulle part originaire de partout

Marchand de cendre

La nuit où je suis tombé dans le piège du marchand
de cendre
C'était dans un club de jazz un soir de match en décembre
Et elle était là immobile debout en haut des marches
sans descendre
J'ai rompu avec ma timidité comme en m'arrachant
des sangles
Et j'ai flotté jusqu'à elle en marchant sur des ombres
Poésie amour même art chant des anges
Si nos souvenirs s'endorment c'est que nos mémoires
sont des chambres
Je vous raconte celui-ci comme un faux cauchemar
sans défendre
La nuit où je suis tombé dans le piège du marchand
de cendre
C'était un beau combat Ali gagnait par KO
à la douzième reprise
Et elle était là immobile portant une robe légère
comme la brise
De temps en temps elle entrouvrait ses lèvres rouges
comme la braise
Pour habiller ses soupirs d'une mystérieuse fumée grise
Pour dire quelque chose je lui ai demandé une cigarette
Avant que sa conversation ne soit prise

Et sans dire un mot elle m'a tendu la sienne
Imaginez ma surprise

Puis elle a souri en me voyant ainsi embarrassé
Et quand j'ai posé ma bouche là où elle avait posé
sa bouche
J'ai eu l'impression de l'embrasser
Puis elle s'est évaporée elle et ses lèvres adorées
Dans le nocturne Harlem à l'heure où le soleil se lève
à Gorée
Je garde en mémoire le souvenir de ce sourire
Qui a parfumé ma première cigarette
Et qui a su rendre cet instant magique
Même si l'issue reste tragique
Je suis tombé dans le piège du marchand de cendre
Depuis ma dépendance et moi on marche ensemble
Mais pour m'en sortir je me suis promis d'œuvrer
J'arrête de fumer le jour où je recroise ma belle
inconnue
Et qu'elle m'embrasse pour de vrai

Moment d'humanité

Je ne suis qu'un pauvre artiste au service de la beauté
Marchand de sentiment et de moments d'humanité
Pour les rimes passionnelles que mes vers commettaient
J'ai dû rendre des comptes à ma passion hiver comme été
Et j'ai trouvé ma voix dans cette écriture
Quand j'ai posé sur le papier des sanglots et des cris purs
Je remercie mes muses pour tout ce qu'elles font
Mais pour briller à la surface il faut parfois toucher
le fond
Voilà ce que disait le poète malgré lui
Ce piéton insomniaque qui souffrait du mal des nuits
Avoir une passion de nos jours ça évite pas mal d'ennuis
Car l'oisiveté est une graisse dont le mal s'enduit
Je pousse de toutes mes forces les portes de l'émotion
Voyage au fond des âmes où les pensées et les mots sont
Le poète et ses textes c'est l'architecte et ses maçons
Et quand se dressent les murs de l'imagination
Même la misère a ses moissons
Ce morceau c'est juste un moment d'humanité
Je ne suis qu'un pauvre artiste au service de la beauté
Qui attend l'inspiration pour écrire le poème
Qui attend l'inspiration pour que le poème
Soit doux comme les caresses que la peau aime
Il paraît que les paroles s'envolent et que les écrits restent

Moi j'ai mis de la sagesse dans les images
Pour que chacun de mes textes soit presque une fresque
Parfois ça ressemble à une séance d'hypnose
Car l'ambiance se fait dès que ma voix se pose
Une poésie mystérieuse occupe les subconscients
Et c'est l'art venant du sud qu'on sent
J'ai attendu longtemps que le néant s'anime
Que chaque mot trouve sa phrase et que chaque phrase
trouve sa rime
Le pays des songes est derrière une grande colline
Pour écrire je me sers de la réalité comme
d'un trampoline
Et si un jour ils te demandent qui je suis
Réponds-leur que tu ne sais pas
Mais s'ils insistent dis-leur que je suis Duajaabi Jeneba

L'automne des blocs-notes

C'est l'automne des blocs-notes
Beaucoup de feuilles sont mortes
J'ai trop de mots
Poésie trompe-l'œil
Ça tombe comme des trombes d'eau
À la saison des vents violents
Qui aime mes poèmes me suive
Il y a de la sueur et du sang dans cette voix suave
m'ont dit certains
Sers-toi
Rince-toi l'oreille
Surtout que c'est ma première sortie depuis des lustres
Duajaabi Jeneba poète peul né quelque part en Afrique
de l'Ouest
Et si tout changeait du jour au lendemain
Regarder par la fenêtre et dire il n'y a pas un chagrin
dehors
Cette nuit le malheur s'est fait mal aux mains
On m'appelle Niominka Bi l'homme qui vient de la mer
Je viens de là où les vents hurlent avec des voix de loup
Je me souviens d'avoir fait les vœux que les étoiles
voient de loin

Quand elles m'ont demandé
Toi qui étudies la quiétude qui es-tu ?
J'ai répondu c'est moi l'humain
Et je prie pour que la naïveté de l'ange rende le démon
moins malin
Il y aura toujours un lendemain
Un jour heureux de naître
L'amour est mon ami mais pour qu'il puisse
me reconnaître
J'ai dû retenir qu'il valait mieux être victime
d'une injustice que la commettre
J'écris à contre-jour
Je brise la loi des saisons avec un chagrin dans la gorge
Depuis que les silences de la poésie m'ont appris
à marcher sur l'horizon
C'est l'automne des blocs-notes
Beaucoup de feuilles sont mortes
J'ai trop de mots
Poésie trompe-l'œil
Ça tombe comme des trombes d'eau
À la saison des vents violents
Dehors les vents de l'aurore défient les vagues
Feuilles d'automne raturées d'un arc-en-ciel
Monochrome
Malade
C'est l'aube
Et j'ai d'l'encre plein les paupières
La saison souffle son dernier soleil
Chaque mot de poésie sacrifiée
Résiste comme les arbres
Sous les trombes d'eau

Je cherche un phare dans la tempête
Et j'écris du cœur
Je reste là
J'attrape les branches que les mots me tendent
Sur l'autre rive
C'est l'automne
L'automne des blocs-notes
Tous les fleuves débordent
Saison des pluies
Où toutes les feuilles s'envolent
C'est l'automne des blocs-notes
Beaucoup de feuilles sont mortes
J'ai trop de mots
Poésie trompe-l'œil
Ça tombe comme des trombes d'eau
À la saison des vents violents

Papillon en papier

Même s'il est né de ma plume
Si tu l'as aimé et qu'il t'a plu
Ce n'est plus mon poème mais un papillon en papier
Qui survole une dune pleine d'amour près d'une plaine
abandonnée
Les critères de l'écriture sont ce qu'ils sont
L'encre attire dans de longs cratères le parfum des mots
Et le sublime en effaçant ce qu'il sent
Comme une fleur sentimentale
Qui aurait appris à voler en battant des pétales
Le papillon en papier se fraie un chemin
De l'horizon éteint à son étoile natale
Il porte un tatouage silencieux sur la peau de ses ailes
Un de ces airs de saison que les oiseaux de nuit rêvent
de saisir
Le puits d'un sol sain n'attend pas la pluie d'un seul ciel
Quand l'eau fredonne l'offre reprend
Et assainit les océans salis et les salives salées par le sang
Pour mettre un pied dans l'immortalité
Le papillon en papier l'a payé de sa vie
Même s'il est né de ma plume
Si tu l'as aimé et qu'il t'a plu
Ce n'est plus mon poème il est devenu
Un genre de vœu nomade visible à l'œil nu

L'empreinte d'une pierre d'ambre teintée
Que l'auteur a empruntée à un grand peintre
Pour que les phrases utopiques croisent leurs angles
    morts et leurs perspectives
Et que chaque guerre rencontre un jour sa paix
    respective
Même s'il est né de ma plume
Si tu l'as aimé et qu'il t'a plu
Ce n'est plus mon poème mais un papillon en papier

Le chagrin des anges

Dans la rue il plane comme un vent de menace climat
malsain
Et j'écris sur la haine pour trouver son vaccin
Car chacun regarde le problème comme si ce n'était pas
le sien
La société fait des gosses et ne leur donne pas le sein
Pour eux c'est cité fantôme appart mal peint
Un papa mal payé mais on ne meurt pas de faim
Ils dévalent la pente de la vie et ils n'ont pas de frein
Je traînais je traîne et je traînerai ça n'a pas de fin
J'écris sur la haine pour trouver son vaccin
Mais c'est juste un poème sur un calepin ça ne mange pas
de pain
Ici les chagrins s'enveniment et ils nourrissent
Les grosses lignes des faits divers quand ils pourrissent
Tous les enfants sont des anges il s'est passé quelque chose
Pour que ces gosses envoient leur propre vie
sur les roses
On nous montre la violence des jeunes dans des rues
infestées
Mais je sais que la haine c'est un chagrin qui s'est infecté
Il n'y a pas de mal-aimé
Il n'y a que des incompris
C'est le chagrin des anges

Les anges ont oublié leurs rêves pour la plupart
Debout sur des passerelles qui ne mènent nulle part
Ils passent des nuits à attendre que le jour se relève
Et souvent ils parlent si bas qu'il faut lire sur leurs lèvres
Ils s'appellent par des surnoms qu'ils se sont donnés
Chacun les sourcils froncés sous son bonnet
Dans leurs histoires de bagarre des coups de coude
 dessoudent des nez
Ils jouent aux bastons du Diable et se foutent d'être
 soupçonnés
Les anges se sont perdus entre silence et colère
Après avoir gagné les parties d'échecs scolaires
Chacun tourne le dos à son avenir
Comme s'il avait une mauvaise réputation à tenir
Je caresse l'espoir que les choses changent
Mais les punitions soignent-elles le chagrin des anges ?
Ils ont vu leurs parents pleurer dans leur tête ça se mélange
C'est difficile de n'avoir rien quand tout marche à l'échange
Il n'y a pas de mal-aimé
Il n'y a que des incompris
Nul n'est poète en son pays et pourtant
J'ai vu ceux qui suent et ceux qui saignent
Devenir ceux qui sèment les mots qui soignent

Le rêve errant du révérend

Cette nuit il s'est passé quelque chose
Certains livres d'Histoire disent qu'un révérend noir
  avait fait un rêve
Mais ce rêve erre encore
Chez nous on l'appelle le rêve errant du révérend
XXIe siècle après Jésus-Christ
Dehors les gens se croisent
Comme les pièces maîtresses d'un jeu secret
Laissez passer la guerre
Ici on l'appelle la peur de la paix
Cette nuit il s'est passé quelque chose
C'est le rêve errant du révérend
Je suis venu enfreindre un silence
Et déjà la pénombre me demande pardon
Profession poète cracheur de feu
Lointain descendant d'un griot dragon

Muse amoureuse

Une muse pose nue dans une métaphore
Et métamorphose son poète en peintre
Elle plonge dans un bain parfumé
En empruntant au printemps sa propre empreinte
Toi qui me regardes dans les yeux
Ce soir tu seras cette muse
Comme une étoile danseuse sensuelle et en sueur
Au cœur d'une chorégraphie voluptueuse
Pour ne pas que l'horizon nocturne nous déçoive
Je t'offre les fleurs de ma poésie d'une voix douce et suave
Mes mots se posent sur toi
Comme de jolis dessous de soie
Que je me ferai un plaisir d'ôter
J'ai la nuit pour parcourir ta peau et je te promets
De compter le nombre exact de tes grains de beauté
Je me plonge dans ton bain
Et j'entends l'eau de pluie tomber
Correspondance des sables du désert
Corps responsables des danses du désir

On dit que faire l'amour c'est ne plus sentir
La différence entre donner et prendre du plaisir
Je t'écris une pleine page de caresses
Pour que même ta peau aime mes poèmes

Je t'ai aimée comme une muse émue dans un musée muet
Le lendemain d'une nuit d'émeute
Depuis quand ton prénom se prononce dans la pénombre
d'un préau
Sous les yeux d'une âme ou deux
Les océans s'envolent vers le soleil
Guidés par la plume d'un poète peul et amoureux
Qui saura t'aimer mieux ? Une question se pose
Mon grand cœur sain te propose ces quelques rations de prose
Mais comment t'écrire l'amour comme il n'a jamais
encore été écrit
Sans vider des centaines de milliers d'encrier
Comment te dire le plaisir que j'éprouve sans crier ?
Mon miroir émotionnel a gardé ton reflet
pour que tu deviennes sienne
Un peu comme une parade nuptiale quelque part
sous le septième ciel
J'ai étudié l'oralité en remontant ses origines
Pour faire de tes silences des zones érogènes
Pour toi j'ai fait poser sur mes cordes vocales un tapis
de velours
Et j'ai fait traduire ton prénom dans ma langue
Tu t'appelles mon amour

Je te salue vieux Sahara

Toile immense
Plage orpheline
Solitaire ouvrage je t'offre une ligne
Un horizon de vers où je mets ta force
Elle contient l'univers dans ses métaphores
J'ai vu tes dunes sombres danser dans la brume
J'ai vu tes plaines vides sous la lune brune
Ici le silence brille et l'immobilité brûle
Ici la poésie n'a plus besoin de plume
Je te salue vieux Sahara
Désert éteint chagrin de sable
Faiseur de mirages et de fables
Où les songes sortent s'aérer
Je te salue et dans la nuit
Une autre sorte de prose s'anime
Ta peau est une page infinie
Où seul le temps ose poser sa mine

Je te salue vieux Sahara
Paysage sculpté dans le rêve
Je récite une tempête de cendre qui se lève
Quand je prononce ton prénom je fais du feu du bout des lèvres
Je te salue vieux Sahara

Désert éteint chagrin de sable
Faiseur de mirage et de fable
Où les songes sortent s'aérer
Je te salue vieux Sahara
Mon grain de voix souffre de la soif
Mais ça ira
Si mon souffle te suffit vieux Sahara

Retourne sur ta planète

D'après certains témoins la guerre est immortelle
Ses peines ancestrales renaissent de leurs larmes
    et criblent le soir
Aucun oiseau ne vole quand le feu danse dans la bouche
    des volcans
Qui crachent sur l'Histoire
L'espace connaît le supplice de l'horizon qui se plisse
Et laisse passer le temps mort
Dehors l'humanité s'automutile sous les yeux du ciel
Sans doute depuis plus de siècles
Qu'il n'y a eu de gouttes dans ses pluies de sang
Retourne sur ta planète
La terre c'est presque indécent
Le chagrin qui se cachait dans l'orage
A été rongé par la rage de l'animal qui voulait être humain
Perdu dans les labyrinthes de l'existence
Il a eu peur de la lumière aveuglante de la paix
Il a préféré proférer les lignes du schéma obscur
    de ses cauchemars
En choisissant un droit chemin qui n'était pas le bon
Depuis Dieu sait à quelle étoile demander pardon
Mais par pudeur il ne donne pas de nom
L'écriture nous vient d'étranges dessins
Où depuis la nuit des temps chacun venge les siens

L'ennemi du bien tranche les liens
Et les chiens mangent les chiens
Il y a très peu de gens errants que les anges rendent heureux
Retourne sur ta planète
La terre c'est trop dangereux

LA DOULEUR N'EST PAS BREVETÉE

Tapis volant

Voilà venir un voyage qui restera gravé à vie
 dans vos souvenirs
Et chaque soir il sera ravivé par ce même rêve
Le rêve d'une main tendue dans la nuit
Le rêve d'un inconnu vous souhaitant la bienvenue
On le voit à peine dans la pénombre
Mais à l'appel de son prénom le jeune homme se lève
Il est à contre-jour
On ne distingue pas la couleur de sa peau
On voit juste une silhouette sous un chapeau
Sa voix est grave
Il est debout comme une statue qui parle et il dit
Vous qui survivez dans cet univers parfois si violent
Venez… Je vous invite à faire le tour de la terre
À bord de mon tapis volant
Vu des étoiles la planète bleue est une galerie d'art
Où chaque objet est un chef-d'œuvre qui régale le regard
Vous qui survivez dans cet univers parfois si violent
Venez… Je vous invite à faire le tour de la terre
À bord de mon tapis volant
Nous sommes tous des enfants du voyage
Dans la langue de Shakespeare « gitan » se dit *gipsy*
Suivez-moi nous survolons la rive gauche du Nil
Face à la vieille ville du Caire

Le clair de lune veille et le soleil s'est éclipsé
À bord du tapis volant tous ont les yeux absorbés
Par la majesté de cet horizon d'origine égyptienne
Et comme l'a dit quelqu'un en arrivant au pied
de ces grands temples
« Songez que du haut de ces pyramides quarante siècles
vous contemplent »
Il paraît qu'il faut imaginer le conteur debout sur un rocher
En train de parler à l'océan
Si vous tenez à m'écouter
Venez à mes côtés
Vu des étoiles la planète bleue est une galerie d'art
Où chaque objet est un chef-d'œuvre qui régale le regard

Vous qui survivez dans cet univers parfois si violent
Venez… Je vous invite à faire le tour de la terre
À bord de mon tapis volant

À vous de choisir la destination
Dorénavant vous serez le guide
Et je sais que vous saurez savourer le savoir le vécu
De ceux qui jamais ne s'avouèrent vaincus
Je sais que vous saurez nous sauver du vide
C'est le conte de l'an deux mille et des poussières
La terre touchée par la grâce jadis a été frappée
par la foudre hier
Avant de se transformer en une immense poudrière
Certains se brûlent les lèvres en voulant souffler sur le feu
D'autres soulèvent les feuilles du sol comme le ferait le vent
Certains attendent en vain que quelqu'un vienne exaucer
leurs vœux

D'autres se fabriquent avec des phrases de vrais tapis volants
Et avancent en souriant comme des enfants batifolant
Vu des étoiles la planète bleue est une galerie d'art
Où chaque objet est un chef-d'œuvre qui régale le regard
Vous qui survivez dans cet univers parfois si violent
Venez… Je vous invite à faire le tour de la terre
À bord de mon tapis volant

Réponds-lui avec de l'eau

Si quelqu'un te parle avec des flammes
Réponds-lui avec de l'eau
Sache que le seul combat qui se gagne
C'est le duel qui devient duo
Je sais que les braves savent se battre
Et lutter pour leurs droits jusqu'à l'aube
Mais dis-leur que la paix guérit et la guerre périt
Quand la plus belle âme des deux ennemis pardonne
   à l'autre
Si quelqu'un te parle avec des flammes
Réponds-lui avec de l'eau demain il sera des nôtres
Dehors ceux qui se nourrissent de l'éclat de l'or
Essaient de faire peur aux pauvres
Il fait sombre dans les songes que l'orateur peul colore
Mais il paraît que l'heure la plus noire de la nuit
   précède de peu l'aurore
Les soleils nomades de l'espoir réapparaissent alors
Dans les cieux comme des fresques immenses
Si quelqu'un te blesse avec les phrases qu'il lance
Panse la plaie en la plongeant dans un de tes vrais silences
C'est ta noblesse d'âme qui t'honore
Ensuite reprends la parole
Comme une torche qui se rallume au cœur de l'obscurité
   sonore

Et dis-lui je te demande pardon
Parlons et repartons
D'après les anciens quand le chemin n'existe pas
C'est en marchant qu'on crée le chemin
Et quand le schéma émotionnel est juste
Pour le poète c'est l'alchimie
Dis-lui que la vie est une histoire à la fois étrange
et charmante
Chaque jour ce sont des charbons ardents que j'arpente
Dans les jardins du chagrin de chacun
Avec ses maisons sans murs et sans charpente
Dis-lui que des gens dorment dehors à la laide étoile
Jeunes et vieux en danger
Les yeux rouges et les dents jaunes
Certains ont les jambes mauves
La peau froissée par le froid des gens pauvres
Des sosies sociaux des genres d'ombres
Perdues dans des légendes mortes
Tandis que la nuit traduit la misère moderne et son jargon
Je te demande pardon mais ce droit chemin-là
n'est peut-être pas le bon
Il y a trop de cordes qui pendent aux balcons
Trop de colères qui courent les rues
Avec des pleines lunes dans le dos
Par pitié si quelqu'un te parle avec des flammes
Réponds-lui avec de l'eau
Et regarde bien
Regarde bien
Les âmes errantes n'ont pas semé leurs anges gardiens
L'espoir et la lutte sont des fleurs du destin
Qui peuvent perdre leurs pétales fins mais pas leur parfum

Et si toi aussi c'est à la planète terre que tu appartiens
Je te demande pardon
Parlons et repartons

Personne n'est là par hasard
À seize ans je me suis jeté dans le vide un micro à la main
Et j'ai atterri sur scène devant vous
Quelques milliers de lendemains plus loin
La voix pleine de sourires et pleine de larmes
Sincère comme ce père noir qui repart en pleurs d'un parloir
J'ai eu la chance quelque part d'avoir été sauvé par l'art
oratoire
Les douleurs perdent de leur lourdeur lorsqu'on les partage
Même si la plupart d'entre elles ne partent pas
c'est pas grave
Quand on s'écoute on s'entraide
Les soirées poésie c'est regarder des êtres humains
qui essaient de battre des ailes
Dès le départ l'auditoire prépare nos victoires
Prendre le temps d'écrire pour le meilleur et pour le dire
Par les temps qui courent c'est prendre part à notre histoire
Eyo Wandiya Koyo
Si quelqu'un te parle avec des flammes
Réponds-lui avec de l'eau

Poésie hybride hexagonale

Débris d'une poésie hybride hexagonale
Trouvés au pied des tours qui dessinent sur l'horizon
De mauvaises diagonales
Les êtres ont peur les uns des autres
Et les âmes mal à l'aise dialoguent mal
Les enfants nés en enfer et traités comme des diables
 ont mal
Ils ont mal à la couleur de leur peau
Ils ont mal à l'accent de leurs parents
Ils ont mal à des chapitres douloureux tellement
 ils sont absents
Ils ont mal à la pauvreté
La douleur n'est pas brevetée
La France les a mis au monde et c'est trop tard pour avorter
Certains enfants nés en enfer ont même fini par voter
Ils ont déchiré leur langue natale à force de faire
 du lèche-vitrines
Leur suicide social est un condensé de justice
Dans leur malaise intime
Ils sont à la fois les juges les témoins les coupables
 et les victimes
Et c'est victoire si un jour tu mènes une vie que tu aimes
Ils passent des mots aux actes et des actes aux larmes

Exactement
Ils ne font rien de leur journée et ils se plaignent
Mais quand on prend le temps de regarder leur vie
On a les yeux qui saignent

Mademoiselle à vol d'oiseau

La nuit mademoiselle danse dans les clubs
En tenue sexy comme dans les clips
Elle danse et son âme disparaît derrière son corps
Comme un astre pendant l'éclipse
Un bouquet de mes plus belles rimes
Pour la ballerine en talons aiguilles près du bar
Ses yeux sont deux pleines lunes bleues
Impossibles à quitter du regard
Et quand elle se met à danser la nuit ne tombe plus
   nulle part
Elle aime quand les compliments pleuvent
Comme des pétales de fleurs sur la surface des fleuves
La nuit mademoiselle danse dans les clubs
Pour oublier les jours où elle pleure
À vrai dire mademoiselle ne danse pas
Mademoiselle vole

Elle vole au-dessus de sa vie au gré des vents musicaux
D'ici j'entends les échos
Mademoiselle danse de ses propres ailes
La nuit mademoiselle donne la parole à un corps sculptural
Elle danse sur du rap du rock du reggae ou encore
   sur du raï
La nuit mademoiselle devient quelqu'un d'autre

La musique résonne dans son cœur comme un écho divin
Comédienne dans son âme
Mademoiselle danse contre le quotidien
Dans sa peau de beauté fatale
Mademoiselle sent les regards bouger sur elle
Mais la ballerine au rouge à lèvres rouge est sereine
Elle danse contre l'ennui
Mademoiselle fume des light
Pleureuse certains jours
Night-clubbeuse certaines nuits

À vrai dire mademoiselle ne danse pas
Mademoiselle vole
Elle vole au-dessus de sa vie au gré des vents musicaux
D'ici j'entends les échos
Mademoiselle danse de ses propres ailes
Mademoiselle a été touchée par la grâce
Et la trace est toujours chaude
La vie lui a appris que les yeux ne font pas de bruit
Lorsqu'ils se posent sur quelque chose
Mais elle refuse de remplacer la lumière de son sourire par une ombre
Quand elle se met à danser
Mademoiselle est la plus belle femme du monde
Elle aime quand les compliments pleuvent
Comme des pétales de fleurs sur la surface des fleuves
La nuit mademoiselle danse dans les clubs
Pour oublier les jours où elle pleure
Et si cette musique est la seule distance
Qui me sépare de mademoiselle à vol d'oiseau
Puisse le ciel faire en sorte que nos yeux se croisent là-haut

Lumière sonore

Une boucle intemporelle perdue dans la nuit
Une mélodie née de la main de Woodini
Une lumière sonore qui inonde le cœur des ombres
Un souvenir presque imaginaire
Qui remonte à la veille du jour où notre terre est venue
au monde
Une aubade d'à peine quelques milliards d'années
Un soleil ancestral qui brûle au milieu de nous
Une musique sans âge s'élevant dans le ciel immense
Un tableau symbolisant les ailes qu'il manque au langage
Pour traduire ce que disent les éléments
Une poussière d'harmonie déterminée
À traverser des déserts d'éternité et de néant
Pour témoigner et soigner les siècles qui saignent
Un horizon qui préfère s'éloigner de l'oubli
Une boucle intemporelle perdue dans la nuit
Une mélodie née de la main de Woodini

Liberté orpheline

Il te regarde du haut de leurs bâtiments
Ou du haut de leurs collines
Tant de peuples ont tenté de t'adopter Liberté orpheline
J'ai entendu chanter ton prénom
Dans toutes les langues
Les jeunes âmes trouvent que tu as un goût de légendes
Donc le doute les hante
Mais je sais au fond de moi que la vie est toujours clémente
Un poème pour la paix écrit à l'encre pourpre
Sur un grand drapeau blanc qui n'est plus très propre
J'entends la planète pleurer
Un peu partout sur la carte
On peut voir la terre qui tremble de peur
    sous des bombardements
Et c'est un autre tonnerre qui la gronde pour le moment

Les feux de la foudre des savants fous de la guerre
    l'ont frappée en plein cœur
Pour la peine dans leurs conflits il n'y aura pas de vainqueur

Dis-leur que nous avons appris à demander notre route
    quand nous étions perdus
Dis-leur que nous avons appris à écouter ce qu'un père dit
Chante ma sœur comme si c'était devenu défendu

Chante comme si c'était interdit
Si la liberté n'est plus un droit
Qu'elle devienne notre devoir
Chante comme si ta vie en dépendait
Chante comme si c'était notre seule chance
Chante ma sœur… Chante

Le vœu exaucé de Dieneba

À la femme peule enceinte qui portait de sales habits
Et qui a mis au monde un être au péril de sa vie
La sage-femme africaine au doux visage a dit
C'est un garçon
Il y avait peu de chances pour qu'il voie le jour
Mais ton vœu s'est exaucé
Il s'appellera Dua Jaabi… Dua Jaabi Jeneba
Le vœu exaucé de Dieneba
La sage-femme africaine au doux visage a dit
L'enfant que tu as mis au monde cette nuit
Prendra la parole au nom du peuple qui danse
  la cérémonie du *Gerewol*
Entre deux saisons des pluies
Et comme dans nos humbles légendes
Les animaux les anges et les gens se retourneront vers lui
Ma mère m'a appelé Dua Jaabi… Dua Jaabi Jeneba
Le vœu exaucé de Dieneba
Avant de m'appeler Souleymane
Depuis
Quand elle me rappelle que mon prénom à lui seul
  est un talisman
Son visage s'illumine
Avec cette douce larme éternelle sous l'œil maternel
Qui fait que chacun de ses sourires est une étoile

Quand je suis allé à Kandio son village natal au Sénégal
Je suis allé voir ce vieil homme qui me ressemble
Et qui travaille la terre le torse nu comme une âme
Et la brise a retenu son souffle
Quand je lui ai dit *min wiire Dua Jaabi Jeneba*
Jeneba Jiba woni Neene am
Kañ jangini kam needi Kañ jangini kam endam[5]
En rêve j'ai appris à chevaucher le vent
Tout devient possible
Je suis le fils d'une femme qui ne pouvait plus
avoir d'enfant
Et quand j'écoute mon âme c'est le chant des gitans
du Sahel que j'entends
Je m'appelle Dua Jaabi… Dua Jaabi Jeneba…
Le vœu exaucé de Dieneba

Entre ancêtres et descendants

De lointains ancêtres
Dansant dans le cercle du sang
Avec leurs descendants
En avançant d'est en ouest
De grain de sable en grain de sable
De brin d'herbe en brin d'herbe
De fin de siècle en fin de siècle
De lointains ancêtres
Dansant dans le cercle du sang
Avec leurs descendants
D'égal à égal
De la vallée du Nil à celle du fleuve Sénégal
En suivant des yeux la lumière de la saine étoile
Dont les fleurs se régalent
Et il y a un lien qui fait union avec les lieux
C'est la langue pulaar parlée ce fameux lien
Le sang c'est la sève des arbres familiaux
Qui donnent des fruits par milliers
Le cercle c'est le cycle infini des saisons
Le socle qui lie les êtres entre eux
La spirale qui rend l'espace et le temps creux
La danse c'est la marche jusqu'à l'ombre libre
L'histoire avec un sage majuscule… Humble livre
Partir avec sa large culture et son folklore

Parler couramment la langue du fer et de l'or
De la faune et de la flore
Des faibles et des forts
Des esprits et des espoirs
Partir vers un destin qu'il est interdit de décevoir
Partir vers l'horizon pour provoquer le miracle
Aller voir les différentes formes de l'aurore dont parlait
  le vieil ami oracle
Dans ses dernières paroles
Prononcées entre le tronc et l'écorce
Dans un dernier effort

Aller voir si le soleil a encore la force d'éclore
De l'autre côté du décor qui dort dehors
En avançant d'est en ouest
De grain de sable en grain de sable
De brin d'herbe en brin d'herbe
De fin de siècle en fin de siècle
De lointains ancêtres
Dansant dans le cercle du sang
Avec leurs descendants
D'égal à égal
De la vallée du Nil à celle du fleuve Sénégal
Simple promenade d'un certain peuple nomade

Le vieil enfant

Je fabrique les souvenirs d'un vieil homme
Le vieil homme qui sera dans mon miroir quand
je serai vieux
Je fabrique les souvenirs d'un vieil homme
Le vieil homme qui aura vu défiler sa vie avec mes yeux

Le sérum d'immortalité

Sage fou
Chercheur de chimère
Chaque jour j'inscris de nouvelles formules chimiques.
   Dans mon cahier
Je suis un vieux savant qui avoue avoir voué sa vie
   à la science
Mais aujourd'hui ça y est
Je vais enfin récolter les fruits de la patience
Les esprits fascinés par une passion ne connaissent pas
   le silence
Ni le repos
Nuit et jour j'ai cherché un remède universel
Car vu de l'intérieur tous les êtres humains sont rouges
   de peau
J'ai cherché un antidote contre le temps
Pour offrir à la médecine son bijou le plus beau
Le sérum d'immortalité
Le vaccin contre l'homicide
Pour que la guerre ne regarde plus jamais le peuple
   comme cible comestible
Une féerie inspirée de faits réels
Imagine la vie éternelle
Si c'était vrai
Le sérum d'immortalité

Le vaccin contre toutes les sortes de maladies
La clé médicale qui ouvre les portes du paradis
Je suis un vieux magicien de la science venu dévoiler son secret
J'espère juste ne jamais avoir de regret
Dehors l'info a fait l'effet d'une traînée de poudre
Une clameur a retenti sur toute la terre en même temps
Et le cri de la foule ressemble au bruit de la foudre
On entend de grands éclats de rire
Mais aussi de gros sanglots
Une certaine joie mêlée d'une certaine peine
La vie éternelle est-elle belle ?
Si c'était vrai
Si j'étais un magicien de la science
Et que cette expérience soit une réussite
S'il suffisait d'une piqûre pour voir un proche qui ressuscite
Si c'était vrai
Imagine
Si l'humanité tout entière venait s'abreuver à la fontaine de jouvence des légendes
Si on avait vraiment trouvé le vaccin contre la mort
Et les souffrances qu'elle engendre
Si c'était vrai
Imagine
Si tout à coup la vie nous offrait l'éternité ici-bas
S'il suffisait d'une piqûre pour soigner le cancer et le sida
Si c'était vrai
Imagine

La nuit n'est jamais revenue

Elle lui a dit… « Si tu bois dans ce verre
À chacun de tes rêves tu deviendras quelqu'un d'autre
Et tu verras quelque chose qui arrivera un jour
dans ta propre vie »
Il a bu… Il a bu et la nuit est venue sans le prévenir
Lui il est là dans son point de mire
Sur le point de s'endormir
La nuit est venue sans le prévenir
Lorsqu'il est devenu l'orque
Il a vu le sel des larmes sur les joues des sirènes
Qui dansent torse nu sur les vagues et vents rugissants
Autour des navires sans âme qui ouvrent le feu sur l'eau
Et rendent l'océan rouge sang
Lorsqu'il est devenu loup
Il a vu qu'on voulait lui voler sa fourrure
Sa forêt est son dernier souffle de vie
Fier il a refusé de fuir mais sa force ne l'a pas sauvé

Lorsqu'il est devenu l'aigle
Il a vu qu'il n'était plus à l'abri là-haut dans les cieux
Et que plusieurs de ses semblables étaient décédés
dans les airs
D'une poussière de feu dans les ailes
Dans les serres ou dans les yeux

Lorsqu'il est devenu lion
Il a vu sa couronne de roi de la faune tomber de sa crinière
Et il erre dans une cellule loin de la savane
et de son beau clair de lune
Seul dans une case sombre tel un détenu
Il se dit que dans le combat pour la survie
Seuls les animaux de sang royal sont loyaux
Ils s'affrontent à mains nues
Il y a comme une harmonie
Dans la grandeur de la nature que l'être qui porte
une arme nie
Lorsqu'il est devenu l'homme
Il a ouvert les yeux en se demandant à haute voix
Est-ce que je me réveille ?
Ou est-ce que je meurs... Et veille ?
La nuit n'est jamais revenue

Je t'aime toi-même

L'orateur prend la parole et les éléments se déchaînent
Dans la blancheur du crépuscule
On entend la page d'une histoire qui se déchire
C'est la muse magicienne et le mage musicien
qui se séparent
Ça ressemble à une fin mais ce n'est qu'un faux départ
Leur histoire c'est l'histoire d'un amour qui frappe
comme la foudre
C'est un poème écrit sur une feuille en lambeaux
qu'ils essaient de recoudre
Quand il lui dit
Je t'aime
Elle répond
Toi-même

La clairière des oubliés

Quelle nuit sommes-nous ?
Dans ma vie qui ai-je aimé ?
Qui ai-je haï ?
L'amnésie vide le feu de la mémoire
Comme s'il n'avait jamais jailli
La clairière des oubliés
Debout sur le pont de Cracovie
Les yeux orageux je regarde les Aubiers
Les murs ont une mémoire
J'entends des souvenirs qui éclatent comme des miroirs
Et leurs débris qui murmurent mon prénom dans le noir
La clairière des oubliés
Une famille de bâtiments fantômes
Perdus au beau milieu de nulle part
Avec ses ruelles sombres. Et ses lumières pâles

Debout sur le pont de Cracovie
Mon chagrin traduit tant bien que mal
La langue que le clair de lune parle
Il dit qu'on a tellement traité les Aubiers de cité de malheur
Qu'aujourd'hui les nuages jouent en son honneur
Il dit que les éléments connaissent aussi la douleur
Alors cette nuit mon peuple est le leur
Je ne pleure pas parce qu'il pleut

Il pleut parce que je pleure
Debout sur le pont de Cracovie
En regardant les Aubiers
La clairière des oubliés

Bétail de béton

Pour ne pas que les bâtiments s'enfuient
La nuit nous les gardions
Nous étions les bergers immobiles
D'un bétail de béton

L'autre lune… La pleine

Je te parle de l'autre lune… La pleine
Le soleil nocturne dont la nuit tombe amoureuse
L'étoile mystérieuse que les superstitieux suivent des yeux
Et montrent du doigt
Celle qui fait hurler des hordes et des hordes de loups
Poussés par la faim hors des bois
Je te parle de l'autre lune… La pleine
Celle qui éclaire le silence animal des nuits blanches africaines
Celle qui apparaît seulement la veille de jours de chance
Et qui rend à l'obscurité une partie de sa transparence
Je te parle de l'autre lune… La pleine
Celle que les Peuls appellent *Lewru*
Mow ɓe ful ɓe mbiyo « ndogoroŋ woni lekki mayru
Si a yimanaani a amanat ndu[6] »

Je te parle de l'autre lune… La pleine
Sous laquelle les ennemis se ressemblent comme deux
coups de feu
Se battre l'un contre l'autre pour finir en sang ensemble
La guerre avance en dansant et pas de brasier sans cendre
L'humanité est comme une muse peureuse
Que la poésie rend un peu heureuse
À chaque naissance ses plaisirs
Et à chaque enterrement ses pleureuses

Je te parle de l'autre lune… La pleine
L'orpheline féline qui s'endort sans draps
Dans sa chambre décorée d'échos
Décorée d'échos
Celle qui brille comme le bijou d'un céleste orfèvre
Celle qui donne la fièvre au poète qui dort dehors
Le poète qui dans les bras de Morphée rêve
Des mots d'un mort célèbre et mord ses lèvres
Je te parle de l'autre lune… La pleine
Celle qui obéit sans bruit quand la nuit lui dit de luire
Et qui met bon nombre de peines tapies dans la pénombre. Hors d'état de nuire
Je te parle de l'autre lune… La pleine
Celle qui inspire à la rivière de diamants son éclat
Celle qui vient d'être immortalisée par un des fils de la famille Diamanka

Donneur de paroles d'honneur

C'était une nuit de pleine lune
Quand le sage a prononcé mon prénom
Je suis entré dans la case pieds nus
Et je me suis assis
Après un long silence
L'ancien à la peau sombre et aux yeux de pluie
S'est adressé à moi en disant à peu près ceci
Aujourd'hui oublie ce que tu es et deviens ce que je suis
Ensuite ajoute ce que tu es par-dessus ce que je suis
Ainsi ton initiation sera une réussite
Et l'ancien a regardé le ciel dans les yeux et il m'a dit
Bienvenue dans le clan des donneurs de paroles d'honneur
Maintenant pars leur parler avec des poèmes
    et porte-leur bonheur
Prends le verbe et emmène-le au-delà des frontières
    de la communication
Avec les gestes précis du sculpteur d'imaginaire
    comme unique action
Et comme si tu partais conquérir le monde
Pars cueillir les mots
Les mots de ceux qui parlent avec le cœur
Que ce soit sous le ciel de Same Kanta
Ou place Gambetta assis en terrasse
Tu comprendras que tout peut devenir une passion

Du moment où on s'y intéresse
Bienvenue dans le clan des donneurs de paroles d'honneur
Maintenant pars leur parler avec des poèmes
et porte-leur bonheur
Comme un trait d'union entre oralité et littérature
Oralittérature
À part toi qui aura lu tes ratures ?
Ici on entend la voix de l'auteur
Il paraît qu'il y a des maladies de l'âme
Pour lesquelles on ne va pas voir le docteur
Poésie médicinale
Je suis venu poser ici mes initiales

S.D. Souleymane Diamanka dit Dua Jaabi Jeneba
Je viens de là où les étoiles peuvent se cueillir comme
des fruits
Tellement le ciel est bas
L'écriture est une danse magicienne
Dis-leur que je n'ai pas fermé l'œil de l'année
J'ai travaillé ma gestuelle pour essayer de rendre mes poèmes
plus majestueux
Donneur de paroles d'honneur
Artisan du verbe
Fabriquer des sentiments avec des mots hors de l'ordinaire
Donneur de paroles d'honneur
Dis-leur que ça commence comme une tempête de sable
en plein océan
Poète condamné à noircir des feuilles blanches
Et à être frappé par la foudre des tonnerres
d'applaudissements

Danser sous la tempête

Cette nuit le tonnerre chante comme un ténor
Et c'est lui qui a écrit ce couplet
Il dit : « Laissez le soleil sécher vos larmes et s'il vous plaît
Allez danser sous la tempête, que la pluie essuie vos plaies »
Prenez place c'est l'événement. Le spectacle des éléments
Dans le lointain le vent déploie des ailes immenses
Danser sous la tempête le torse et les pieds nus
Face à un horizon courbé comme un sourire qui souhaite
la bienvenue
Danser sous la tempête comme un arbre millénaire
Comme une âme dans la lumière
Comme un navire qui a pris la mer
Danser sous la tempête comme le témoin d'un miracle
Comme un shaman en pleine transe au pays des mirages
Prenez place c'est l'événement. Le spectacle des éléments
Dans le lointain le vent déploie des ailes immenses
Laissez le soleil sécher vos larmes et s'il vous plaît
Allez danser sous la tempête, que la pluie essuie vos plaies

Au nom du littORAL

Prendre la parole et prendre racine
Dans le jardin du silence
Là où les bruits sourds qui donnent des frissons s'écrasent
Prendre la parole et devenir un de ces grands arbres
Dont les fruits sont des phrases
Prendre la parole pour voir les mots danser
En habillant la beauté
Prendre la parole au nom de ceux à qui on l'a ôtée
Prendre la parole au nom des néons de la nuit
Prendre la parole au nom du vieux puits plein d'eau
de pluie
Prendre la parole au nom des bouquets de fleurs
Et des bouquins dans le feu
Prendre la parole au nom des couplets de pleurs
Et des coups en plein cœur
Prendre la parole au nom du peuple oiseau. Et de sa jolie
chorale
Prendre la parole au nom du littoral
Quand la rivière s'est réveillée
Le navire des rêveurs s'est renversé
Depuis je prends la parole au nom du littoral
Je prends la parole au nom du peuple oiseau. Et de sa jolie
chorale
À une dizaine de jours de marche

Des allées du Champ-de-Mars
L'orateur prend la parole au nom du littoral
Comme un bateau prend le large
Prendre la parole
Au nom de la littérature
Au nom de l'oralité
Au nom de la hauteur des tours
Au nom du littoral
Au nom de la nature
Au nom de l'éternité
Au nom de l'arbre dans la cour
Au nom du littoral

Au nom de la rature
Au nom de l'irrégularité
Au nom de la bravoure
Au nom du littoral
Au nom des perles d'écriture
Au nom de l'hérédité
Au nom du temps qui s'écoule
Au nom du littoral

Entre deux battements

J'avance en me demandant si ça ira sans toi maintenant
J'avance en me demandant si ce sera le Sahara
sentimentalement

Dans le silence entre deux battements de cœur
J'entends ton prénom

Dans le noir entre deux battements de cils
Je revois les rêves dont nous nous imprégnions

J'avance en me demandant si ça ira sans toi maintenant
J'avance en me demandant si ce sera le Sahara
sentimentalement

Dans le vide entre deux battements d'ailes
Je me souviens du septième ciel où nous nous promenions

Dans le silence entre deux battements de cœur
J'entends ton prénom

J'avance en me demandant si je vais réussir à m'endormir
sans toi maintenant
J'avance en me demandant si je vais réussir à m'en sortir
sentimentalement

Je t'épousais tous les jours pour des nuits de noces magiques
Aujourd'hui t'embrasser sur la bouche quand tu souris
j'en suis nostalgique

Je préfère l'amour avec toi les saisons passent et
savourent ta victoire
J'ai encore soif de ce doux nectar dont notre histoire
se délecta

L'amour est une langue
Apprenons-la et réapprenons

Dans le silence entre deux battements de cœur
J'entends ton prénom

Hébergé par les étoiles

M'endormir sur les toits
Émerger et parler de toi
Hébergé par les étoiles
Hébergé par les étoiles

C'était une nuit sans nuages
Une nuit sage... Une nuit nue... Oui
C'était une nuit sans néon
C'était une nuit inouïe

Te regarder partir sûre de toi
Les yeux fermés de surcroît
Sous une lune presque turquoise
L'histoire est-elle finie s'il reste une phrase ?

M'endormir sur les toits
Émerger et parler de toi
Hébergé par les étoiles
Hébergé par les étoiles

C'était une nuit sans avion
Une nuit sans sirène et sans alarme
C'était une nuit pleine de sensations
Silencieuses caressant les âmes

Le feu n'est pas éteint… il reste une braise
L'histoire n'est pas finie… Il reste une phrase
Pour refaire partie des regards que tu recroises
Sous les lunes presque turquoise

M'endormir sur les toits
Émerger et parler de toi
Hébergé par les étoiles
Hébergé par les étoiles

Poésie de nuit

La nuit la poésie se fabrique des ailes
En nouant les plumes de ses auteurs les unes aux autres
Je suis venu avec tous les conteurs de la terre
Tous les orateurs depuis la nuit des temps

Avec tous les poètes de la planète morts ou vifs
Nous parlons toutes les langues et vous êtes nos hôtes
Et la chorégraphie de notre spectacle
C'est une tempête d'encre océane orchestrée par des vents

J'entends d'ici des vers de vingt-quatre syllabes
Enrobés d'une voix grave comme un violon tsigane
Et je cligne des yeux en regardant au-dessus des arbres
Chaque ligne est le signe que j'attends du ciel

En jetant du sel sur le sol de la savane
Foulé par le peuple oiseau gitan du Sahel
J'entends d'ici des vers de vingt-quatre syllabes
Qui s'égarent comme des volutes de fumée de cigare

La nuit la poésie se fabrique des ailes
En nouant les plumes de ses auteurs les unes aux autres
Je suis venu avec les mots et les sourires
De toutes les muses du monde et je suis sous vos ordres

J'entends d'ici le médicament contre la peur
Le tam-tam tribal peul qui bat dans le lointain
Il dit : « À demain matin, l'étoile est dans ta main
Le soleil s'est juste couché, il ne s'est pas éteint. »

La nuit la poésie se fabrique des ailes
En nouant les plumes de ses auteurs les unes aux autres
D'après les légendes colportées par les gens
La force de quelqu'un dépend de la cause qu'il défend

Certains disent qu'ils s'interdisent de ne pas récupérer
L'air sain que les usines voisines nous ôtent
D'autres disent à votre guise il y a des portes closes
qui se brisent
Sous le poids des cris de joie et des chants

La montagne aux archives

Il pleut sur le piano au pied de la montagne aux archives
Il pleut sur le piano au pied de la mémoire collective

Laisser partir ce qui s'en va… Lâcher prise
Pour accueillir ce qui vient… La surprise

L'adage a plus de dix mille ans d'âge
La nature m'en a appris le langage
J'accepte d'être en vie libre et tout ce que cela engage
J'accède à l'équilibre d'où naîtra l'ancrage

Là-bas chez le marchand d'art fini le marchandage
L'adage a plus de dix mille ans d'âge

Laisser partir ce qui s'en va… Lâcher prise
Pour accueillir ce qui vient… La surprise

Il pleut sur le piano au pied de la montagne aux archives
Il pleut sur le piano au pied de la mémoire collective

Aujourd'hui je pars voyager
Avec les mots à travers le monde
À mon retour j'aurai la voix âgée
Mais plus jamais les mômes n'auront à faire l'aumône

Aujourd'hui je pars voyager
Pour les trente-trois tours de la planète
Aujourd'hui je pars voyager
Avec mon passeport de poète

Les héritiers de l'arc-en-ciel

Un nouvel être s'apprête à naître
Sur notre belle planète
Pendant que ma plume pleure de joie
Sur ce papier à lettres
Un nouvel être s'apprête à naître
Un héritier de l'arc-en-ciel
Un citoyen du nouveau monde
Ses parents lui donneront un nom
Et la lumière lui donnera une ombre

Quand un enfant a froid à l'école de la vie
C'est toute l'humanité qui souffre à la récré
Quand un enfant joue les yeux pleins de joie et le cœur ravi
C'est toute l'humanité qui s'ouvre à l'art et crée

Tant qu'on entendra les enfants chanter les mélodies
 de l'âme
C'est que la terre est encore en bonne santé
Et que la maladie est loin

C'est pour tous les enfants peuplant cette belle planète
 bleue
C'est pour tous les héritiers de l'arc-en-ciel
Dans leur cœur il y a des sourires il y a des pleurs

Il fait soleil et il pleut
C'est pour tous les héritiers de l'arc-en-ciel

Regarde… Les artistes jouent comme des enfants
Et les enfants jouent comme des artistes
Les héritiers de l'arc-en-ciel sont chez eux sur la planète entière
Regarde autour de toi partout l'art t'encercle

C'est pour tous les enfants peuplant cette belle planète bleue
C'est pour tous les héritiers de l'arc-en-ciel
Dans leur cœur il y a des sourires il y a des pleurs
Il fait soleil et il pleut
C'est pour tous les héritiers de l'arc-en-ciel

Fais de beaux rêves

Le soir où le hasard nous a donné rendez-vous
La nuit est tombée amoureuse de nous
Les jours de chance connaissent cette danse
C'est le ballet des coïncidences

Un inconnu vous offre son cœur
Et les silences sont si lisses que les souffles s'effleurent
Le soir où le hasard nous a donné rendez-vous
La nuit est tombée amoureuse de nous

FAIS DE BEAUX RÊVES
Ton poète en profite pour écrire des mots d'amour
à même ta tenue d'Ève
FAIS DE BEAUX RÊVES
Demain je viendrai les lire sur tes lèvres

Tu portes un tableau sur ta peau où même l'ombre brille
Pendant ton sommeil j'ai écrit AMOUR en majuscule
tout autour de ton nombril
Le ciel dévoile ses plus belles étoiles les nuits d'été
Pendant ton sommeil j'ai écrit mon plus beau poème
sur une page de ta nudité

C'est le vent du désert qui est venu nous chuchoter
quelque chose
La nuit est tombée sous le charme de ta douceur sable
chaud

FAIS DE BEAUX RÊVES
Ton poète en profite pour écrire des mots d'amour
à même ta tenue d'Ève
FAIS DE BEAUX RÊVES
Demain je viendrai les lire sur tes lèvres

Je suis venu tatouer de jolies phrases avec mes doigts
sur ta peau nue
Tu es ma muse amoureuse c'est la poésie qui t'a reconnue
Et le soir où le hasard nous a donné rendez-vous
La nuit est tombée amoureuse de nous

Les jours de chance connaissent cette danse
C'est le ballet des coïncidences

FAIS DE BEAUX RÊVES
Ton poète en profite pour écrire des mots d'amour
à même ta tenue d'Ève
FAIS DE BEAUX RÊVES
Demain je viendrai les lire sur tes lèvres

Entre tes mains tout l'or du monde

L'horizon se décale un instant
Tu sors seul pour écouter le vent
En survolant l'espace pour écourter le temps
Comme cet oiseau exotique posé sur l'étang

Entre tes mains tout l'or du monde
T'es l'être humain au cœur d'une ronde
T'as mille et un chemins de lumière… T'as qu'une seule ombre
Et sans lendemain plein d'amour tes nuits seraient plus longues
Pars marcher sur l'eau ruisselante et sur l'horizon lointain
Place l'archet sur la corde sensible pour que les consciences vibrent
Et maintiens le lien
Des peaux les plus pigmentées à celles qui ont le moins de teint
Dépose les peuples sur la planète de la paix
Et rappelle à chacun qu'il est quelqu'un de bien

T'es le témoin… T'es parti avant-hier et tu rentres après-demain
Tout l'or du monde entre tes mains

T'es le témoin... Comme cet oiseau exotique posé sur les tuiles
À tout moment tu peux t'envoler vers une étoile
Avec entre tes mains tout l'or du monde
T'es l'être humain au cœur d'une ronde
T'as mille et un chemins de lumière... T'as qu'une seule ombre
Et les lendemains pleins d'amour retiendront sûrement ton surnom

Être humain autrement

Il est temps d'être humain autrement
De remettre au monde notre amour

Si toi aussi
Ton arbre généalogique est un eucalyptus arc-en-ciel

Si toi aussi
Tu connais la magie du mélange des matières que seul
l'art t'enseigne

Si toi aussi
Tu as déjà entendu parler de la légende du déluge
et de la grande arche ancienne

Alors tu sais que l'humanité ne compte qu'un seul
peuple vu de tout là-haut
Un seul peuple avec plusieurs langues
Plusieurs cultures et plusieurs couleurs de peau

Si toi aussi
Tu songes que la paix se prépare bien en amont là-bas
dans les poèmes d'amour

Si tu es capable d'apprendre à parler tous les dialectes
du monde
Dans un véritable acte de bravoure
Car la différence ne sert qu'à la complémentarité des savoirs
Et que cette sève-là se savoure

Alors tu sais que l'humanité ne compte qu'un seul
peuple vu de tout là-haut
Un seul peuple avec plusieurs langues
Plusieurs cultures et plusieurs couleurs de peau

Si toi aussi
Dans le silence de la cité tu sollicites les étoiles
pour qu'elles te situent

Quelque part entre la fibre de ton âme et la teinte
du tissu dont elle est issue

En relevant les empreintes digitales de l'Histoire
En recherchant des gens qui te ressemblent dessus

Alors souviens-toi que l'humanité ne compte qu'un seul
peuple vu de tout là-haut
Un seul peuple avec plusieurs langues
Plusieurs cultures et plusieurs couleurs de peau

De l'aube au crépuscule

La statue qui danse et qui chante
Monte sur les planches
Et pour vous un des miracles du monde
Tout à coup se déclenche

Quand on s'écoute sans trembler
On finit forcément par s'entendre
Dans mon séjour j'ai enjambé
Des feux ravivés par ce vent tendre

Des feux très doux des feux enchantés
Des feux sans fumée et sans cendre
Quand on s'écoute sans trembler
On finit forcément par s'entendre

La statue qui danse et qui chante
Monte sur les planches
Et pour vous les néons de la nuit
Tout à coup se débranchent

De l'aube au crépuscule
Du modèle à la sculpture
De l'ombre au clair-obscur
Au-delà de toutes les postures

Un chef-d'œuvre vient d'être enfanté
À en juger l'enthousiasme qu'il engendre
Quand on s'écoute sans trembler
On finit forcément par s'entendre

Le clair de lune est des nôtres
Cocktail de plumes et de notes
Fier de l'une et de l'autre
Je vais vers les deux dunes les plus hautes

Comme on s'épanouit sans changer
Comme une richesse qui s'engrange
Quand on s'écoute sans trembler
On finit forcément par s'entendre

De l'aube au crépuscule
De l'ombre au clair-obscur
Intermittent de l'éternité
Tant que le temps le permettrait

La statue qui danse et qui chante
Monte sur les planches
Et chacun comprend qu'il doit cultiver
Son propre jardin des chances

À la vitesse de la rivière

Vous avez voyagé dans le temple du temps
Quand vous avez baigné votre voix à vif dans le chant
Avant d'aller la noyer dans la lumière

Et tout le monde a bien lu votre prénom
Sur la ronde et pleine lune hier
Quand vous avez dansé au centre du cercle
Pendant la prière

Vous voyagerez dans le temple du temps
À la vitesse de la rivière
Quand vous soignerez avec la joie le cœur des gens
Avant de vous éloigner dans la lumière

Comme un soleil enveloppé de pénombre
Dans sa promenade coutumière
Quand vous danserez au centre du cercle
Pendant la prière

Vous voyagez dans le temple du temps
À la vitesse de la rivière
Quand vous empoignez la vie avec la foi d'une âme
 d'enfant
Avant d'aller témoigner dans la lumière

Le moment présent peut devenir très long
L'éternité l'aime comme une mère
Quand vous dansez au centre du cercle
Pendant la prière

Sirène des sables

Je suis les pas de celle qui danse dans le désert
Depuis que j'ai entendu cette voix sculptée
Dans une soie si désirable

Je suis les pas de celle qui danse dans le désert
Depuis que j'ai croisé par hasard
Rue de la poésie
Cette sirène des sables
Depuis que j'ai goûté à ces regards silencieux
Qui parfument tout ce qu'ils touchent

Je suis les pas de celle qui danse dans le désert
Depuis qu'elle a effleuré mes lèvres en souriant
Un peu trop près de ma bouche
Depuis que certaines de nos nuits commencent
Bien avant que le soleil ne se couche

Je suis les pas de celle qui danse dans le désert
Depuis qu'une nuit d'orage
Nos chagrins d'amour ont pris la même douche

Que la lumière soigne

Que le mot soit perle

Que l'amour se parle

Que la mort s'éloigne

Que la lumière soigne

La révolte des poètes

Je cultive un champ de rimes depuis ma tendre enfance et
J'ai traduit l'arc-en-ciel pour l'entendre en français

Préviens la République et son président
La révolte des poètes sera sans précédent

Graffiti-artiste de la préhistoire

Peindre quelques âmes

Sur le mur de la descendance

Dans la grande grotte qui abrite les braises

Peindre avec sa main les yeux fermés

Pour que le mur témoin s'en souvienne de très loin

Au fil des siècles qui s'écoulent au goutte-à-goutte

Choisir la rousse couleur de la terre

Que l'obscurité éclaire

Dans la douce douleur de l'art

Lui donner un nom de lune écarlate

Graffiti-artiste de la préhistoire

Le mur est un miroir immobile

Le miroir est une fenêtre qui donne sur soi

La fenêtre est une source de lumière

La lumière est un feu qui devient fou

Dans la grande grotte qui abrite les rêves

Peindre avec ses yeux

Les poings fermés

Dessiner l'empreinte de sa propre destinée

Des pierres précieuses pour les passantes

Les cristaux n'ont pas encore leurs poinçons

Les doigts de l'homme sont ses seuls pinceaux

Fresque de chair et de sang dotée de pensées

Scène de chasse... Scène de pêche

Le gibier et le poisson

Le piège et le poison

En quelques traits

L'humanité a hérité d'un pas et d'un beau symbole

Au pied d'un pont solide vers l'éternité

Graffiti-artiste de la préhistoire

Je m'en souviens comme si j'étais parmi eux

J'ai traversé les nuits et les années par millions

Pour me rendre compte par mes yeux

L'horizon ne disait pas mieux

Dame nature est une très grande toile de maître

L'âme rature et réécrit le temps je dois l'admettre

Graffiti-artiste de la préhistoire

Tes dessins dansent avec le feu

Acteur et spectateur d'un destin animé

Dans la grande grotte qui abrite les œuvres

Chevaux interprétant leur propre liberté (Poème pour Bartabas)

Chevaux interprétant leur propre liberté
Cavaliers invisibles et présents comme des spectres
Je vois l'impressionnante et obscure clarté
Jaillir des puits du temps dans les yeux de ces êtres

Mélange d'une peur et d'une admiration
Où mon âme côtoie l'émotion chevaline
Un frisson dans le cœur une fascination
Et sur la vibration animale je m'aligne

Chevaux interprétant leur propre liberté
Comme des instruments sur scène jouant seuls
Cavaliers en coulisses en train de regarder
Comme des musiciens loin de leurs violoncelles

C'est un rite ancestral où l'émotion se danse
Des chevaux nous apprennent à être plus humains
Dans l'immobilité jusque dans le silence
Ils étaient là hier ils seront là demain

Feuilles d'octobre

Dans mon jardin il neige
Des feuilles d'automne
Il pleut au ralenti
Comme sur les côtes bretonnes

Des plumes il en pleut des tonnes
Dans mon jardin trop sobre
Il pleut des feuilles d'automne
Il pleut des feuilles d'octobre

La forêt s'allège
De ses beaux habits beiges
Il pleut les notes d'un autre solfège
Dans mon jardin il neige

Il neige des feuilles d'octobre
Qui se détachent et s'envolent
Comme les feuilles d'un bloc-notes
Qui finissent sur le sol

Gorgées d'encre salutaire
D'inspiration et d'esprit
Je suis venu lire sur la terre
Ce que la forêt a écrit

Dans mon jardin il neige
Des flocons de lumière
Il pleut au ralenti
Comme au bord de la Soufrière

Dans mon jardin il fait beau
Et les grands arbres le savent
Je suis venu graver ces mots
Dans le marbre et dans le sable

Dans mon jardin il brûle
Comme un bâton d'encens
Une divine brume
Qui embaume l'ensemble

L'ensemble de la faune et de la flore
De la terre jusqu'au ciel
Comme les prières qui l'implorent
Jusqu'à ce qu'elles deviennent siennes

Il pleut des feuilles d'octobre
Sur mon calendrier
Comme l'éclat que t'offre
L'étoile s'en allant briller

Dans mon jardin il vente
Comme sur l'océan sauvage
Où les tempêtes bleues enfantent
Les ancêtres des orages

Dans mon jardin il vente
Comme dans un terrain vague
Où la nature se réinvente
Et dans le lointain s'évade

Dans mon jardin il fait bon vivre
L'éternité y est quotidienne
Le souffle des grands arbres fait qu'on vibre
Et qu'on tient comme ils tiennent

Des plumes il en pleut des tonnes
Dans mon jardin trop sobre
Il pleut des feuilles d'automne
Il pleut des feuilles d'octobre

Hommage à Ousmane Sow[7]

Les enfants et les grands artistes font des jeux

Où il est interdit de faire semblant

En rêve j'ai regardé au fond des yeux

Du jeune Peul aux cheveux blancs

Et je l'ai vu sculpter l'espace

Je l'ai vu sculpter le temps

Je l'ai vu sculpter le feu comme d'autres sculptent la glace

Je l'ai vu sculpter le vent

Je l'ai vu sculpter les racines de l'horizon

Dans une rue de Dakar à quelques pas de l'océan

Je l'ai vu sculpter le souffle des ancêtres

Et les statues qui ressemblent aux géants

Je l'ai vu sculpter le silence

Et réanimer le néant

Je l'ai vu sculpter le miroir

Et les statues qui ressemblent aux géants

L'humanité de toutes les peaux a visité son expo

Sur le pont des âmes

Dans son œil le monde est beau

Dans son œil le monde est haut

Et même la tempête des combats y reste calme

Les enfants et les grands artistes font des vœux

Qui sont très ressemblants

En rêve j'ai regardé au fond des yeux

Du jeune Peul aux cheveux blancs

Je l'ai vu sculpter la passerelle

Entre le peuple Nouba et le pèlerinage à Touba

Je l'ai vu sculpter la pulsation

De ce même cœur qui dans leur poitrine bat tout bas

Je l'ai vu sculpter le trait d'union

Entre les Massaïs d'Amérique et les Indiens d'Afrique

Je l'ai vu sculpter l'ombre des grands hommes

Comme on sculpte un abri pour ses frères de toutes
les patries

Peindre les yeux fermés

Et je peindrai tout le temps en fermant les yeux

Je reviendrai souvent en rêvant de mon mieux
Je retiendrai l'ouragan en défendant les cieux
Avec des éclaircies sous le vent et des arcs-en-ciel merveilleux
Et je peindrai tout le temps en fermant les yeux

J'honorerai la vie à chaque nouvelle épreuve
J'ornerai ma ville de tout ce que les étoiles peuvent
J'éteindrai les feux qui nous hantent en récitant les
mots qui émeuvent
Et je tiendrai debout pour sauver les orphelins et les veuves

J'obtiendrai des notes étonnantes en faisant des vœux
Je rendrai l'amour de l'art monnaie courante en créant
des lieux
Je reprendrai le fil de l'Histoire en dénouant les nœuds
Et je peindrai tout le temps en fermant les yeux

Je teinterai le silence de louanges et de vers merveilleux
Je tenterai de changer le loup en ange sans regard ténébreux
Je retrouverai tous les petits bonheurs dont
je me souvenais peu
Et je peindrai tout le temps en fermant les yeux

Tes lèvres sur les miennes (Poème pour Izy)

J'ai l'empreinte digitale de tes lèvres sur les miennes
J'ai la preuve lyricale et nos rêves s'en souviennent
J'ai l'empreinte digitale de tes lèvres sur les miennes
Le soleil de ton sourire m'éclaire bien avant que la nuit ne survienne
J'ai l'empreinte digitale de tes lèvres sur les miennes
Pendant notre sommeil nos cœurs s'apprennent et nos mains se tiennent
J'ai effleuré les pétales de ta peau par dizaines
J'ai imploré la poésie loin des nuits parisiennes
J'aime l'éclat de tes pluies quand elles deviennent diluviennes
J'ai l'empreinte digitale de tes lèvres sur les miennes

J'ai demandé un miracle
J'ai reçu une histoire d'amour
Et j'ai cru voir un mirage
Quand j'ai regardé mon parcours
J'ai avancé vers la brume comme vers une fumée sans feu
Et il a plu sur ma plume la nuit où t'as exaucé mon vœu
T'es arrivée dans ma vie et t'as renouvelé le vent
Et j'ai compris que l'avenir ne serait plus jamais comme avant
Je fonçais droit dans le mur pour sauter par-dessus

Mais j'ai tenu les promesses de l'amour pour que
tu ne sois pas déçue

J'ai l'empreinte digitale de tes lèvres sur les miennes
Et je t'aime aussi vrai que je m'appelle Souleymane
J'ai l'empreinte digitale de tes lèvres sur les miennes
Et ton souffle m'est vital comme les neiges éternelles
Ton éclat de rire est tellement tendre
Toute ma vie à venir j'aimerais l'entendre
Retrouver les mots pour se livrer
Retrouver l'amour parce qu'il est vrai
On est d'accord c'est beaucoup plus que de la chance
Et nos deux corps c'est beaucoup plus que de la danse
À l'heure des lumières dorées à l'orée de la forêt
Ton visage adoré dans ce paysage arboré

NOTES

1. Signifie littéralement « Parle peul » ou « Ceux qui parlent peul ».

2. *Ladde ŋaaɓo* : expression qui veut dire « partir à l'aventure » et qui pourrait se traduire littéralement par « Savane ouvre grand la bouche ».

3. *Amiini* ou *Amine* : « Amen ».

4. *Mbaalen ɓe jam* : « Dormons en paix », l'équivalent de « Bonne nuit ».

5. « Je suis celui qu'on appelle Dua Diaabi Dieneba, Dieneba Djiba est ma mère. C'est elle qui m'a appris l'éducation, c'est elle qui m'a appris l'affection. »

6. C'est un proverbe peul assez difficile à traduire mot à mot… « Les anciens Peuls ont dit qu'il fallait travailler la terre pour remplir ton ventre. Si tu ne danses pas, tu chanteras pour lui. » Cela signifie que le travail est le seul moyen de subvenir à ses besoins honnêtement.

7. Artiste sculpteur sénégalais (1935-2016), membre de l'Académie des beaux-arts.

TABLE

RÉALISATION : NORD COMPO À VILLENEUVE-D'ASCQ
IMPRESSION : NORMANDIE ROTO IMPRESSION S.A.S À LONRAI
DÉPÔT LÉGAL : FÉVRIER 2021. N° 146815-6 (2302845)
IMPRIMÉ EN FRANCE

Éditions Points

Collection Points Poésie

P2234. Poésie des troubadours. Anthologie, *Henri Gougaud (dir.)*
P2235. Chacun vient avec son silence. Poèmes choisis
Jean Cayrol
P2320. Anthologie de la poésie africaine.
Six poètes d'Afrique francophone, *Alain Mabanckou (dir.)*
P2343. Anthologie. Du rouge aux lèvres, *Haïjins japonaises*
P2344. L'Aurore en fuite. Poèmes choisis
Marceline Desbordes-Valmore
P2437. Jardin de poèmes enfantins, *Robert Louis Stevenson*
P2473. Si j'étais femme. Poèmes choisis
Alfred de Musset
P2606. Ode au vent d'Ouest. Adonaïs et autres poèmes
Percy Bysshe Shelley
P2621. Poèmes anglais, *Fernando Pessoa*
P2628. Ô ma mémoire. La poésie, ma nécessité
Stéphane Hessel
P2649. Les Plus Beaux Haïkus de la revue Ashibi, *collectif*
P2694. Comme un oiseau dans la tête. Poèmes choisis
René Guy Cadou
P2695. Poète… vos papiers !, *Léo Ferré*
P2719. Les jours s'en vont comme des chevaux sauvages dans les collines, *Charles Bukowski*
P2783. Cahiers de poèmes, *Emily Brontë*
P2784. Quand la nuit se brise. Anthologie de poésie algérienne
collectif
P2795. Chants berbères de Kabylie, *Jean Amrouche*
P2988. Derniers poèmes, *Friedrich Hölderlin*
P2989. Partie de neige, *Paul Celan*
P3050. L'homme naît grâce au cri. Poèmes choisis (1950-2012)
Claude Vigée
P3095. Adulte ? Jamais. Une anthologie (1941-1953)
Pier Paolo Pasolini
P3096. Le Livre du désir, *Leonard Cohen*
P3139. Alcools, *Guillaume Apollinaire (illustrations de Ludovic Debeurme)*
P3140. Pour une terre possible, *Jean Sénac*
P3197. Bons baisers de la grosse barmaid.
Poèmes d'extase et d'alcool, *Dan Fante*
P3206. L'Intégrale des haïkus, *Bashō*
P3217. Poèmes humains, *César Vallejo*

P3250. Poèmes de poilus. Anthologie de poèmes français, anglais, allemands, italiens, russes (1914-1918)
P3277. Le Colonel des Zouaves, *Olivier Cadiot*
P3278. Un privé à Tanger, *Emmanuel Hocquard*
P3322. Chansons. L'intégrale 1 (1967-1980), *Lou Reed*
P3323. Chansons. L'intégrale 2 (1982-2000), *Lou Reed*
P3384. La Persécution. Une anthologie (1954-1970) *Pier Paolo Pasolini*
P3385. Dans le sillage du météore désinvolte. Lettres de guerre (1914-1919), *Jacques Vaché*
P4023. Tomates, *Nathalie Quintane*
P4053. Harmonium, *Wallace Stevens*
P4137. Le Pyromane adolescent *suivi du* Sang visible du vitrier *James Noël*
P4170. Poèmes épars, *Rainer Maria Rilke*
P4217. Anthologie de poésie haïtienne contemporaine *James Noël (dir.)*
P4240. Les Trophées & Poésies complètes *José-Maria de Heredia*
P4358. Chants orphiques et autres poèmes, *Dino Campana*
P4404. Les Cantos pisans, *Ezra Pound*
P4460. Poésie, *Raymond Carver*
P4550. Pourquoi les poètes inconnus restent inconnus *Richard Brautigan*
P4551. Il pleut en amour – Journal japonais, *Richard Brautigan*
P4612. Tant que les arbres s'enracineront dans la terre *suivi de* Congo, *Alain Mabanckou*
P4630. Mariées rebelles, *Laura Kasischke*
P4631. La Divine Comédie, *Dante Alighieri*
P4736. Eugène Oniéguine. Roman en vers, *Alexandre Pouchkine*
P4756. Quand les femmes parlent d'amour. Une anthologie de la poésie féminine, *Françoise Chandernagor (dir.)*
P4866. La Musique des mots. Chansons – 1988-2018, *Arthur H*
P4899. Le monde est rond, *Gertrude Stein*
P4912. Poèmes choisis, *Renée Vivien*
P4929. Minerai noir. Anthologie personnelle et autres recueils *René Depestre*
P4948. Génération(s) éperdue(s), *Yves Simon*
P4976. Écrit à la main, *Michael Ondaatje*
P4988. Poèmes et antipoèmes, *Nicanor Parra*
P5053. La Vita nuova, *Dante*
P5155. Formulaires, *Mohammed Dib*
P5212. En marge, *Silvia Baron Supervielle*
P5281. The Flame, *Leonard Cohen*